U0605878

我的灵魂想看海

冬小瓜 著

SPM 南方传媒 | 花城出版社

中国·广州

图书在版编目（ＣＩＰ）数据

我的灵魂想看海 / 冬小瓜著. -- 广州 ：花城出版
社，2024.1
ISBN 978-7-5749-0046-2

Ⅰ．①我… Ⅱ．①冬… Ⅲ．①诗集－中国－当代
Ⅳ．①I227

中国国家版本馆CIP数据核字(2023)第201438号

出 版 人：张　懿
责任编辑：凌春梅
责任校对：梁秋华
技术编辑：林佳莹
封面设计：张年乔
内文插图：张年乔

书　　名	我的灵魂想看海
	WO DE LINGHUN XIANG KAN HAI
出版发行	花城出版社
	（广州市环市东路水荫路 11 号）
经　　销	全国新华书店
印　　刷	佛山市浩文彩色印刷有限公司
	（广东省佛山市南海区狮山科技工业园 A 区）
开　　本	787 毫米×1092 毫米　32 开
印　　张	5　1 插页
字　　数	80,000 字
版　　次	2024 年 1 月第 1 版　2024 年 1 月第 1 次印刷
定　　价	38.00 元

如发现印装质量问题，请直接与印刷厂联系调换。
购书热线：020－37604658　37602954
花城出版社网站：http://www.fcph.com.cn

我觉得能在这个世界活着是一件奇迹般的事情，而相遇是一件在奇迹之上开花的事情。我的灵魂或许就是一只蝴蝶，为了这世界的花丛四处飞翔。当你读到我的文字时，我们就已经相遇了。很高兴能遇见你，也很庆幸能遇见你。

目 录

包　容

我学着天空去包容这一切

不再数

我掉了几片叶

只欣喜

枝又长了几年

口是心非的蝴蝶

我抓住了一只蝴蝶

它不肯交出春天

这种口是心非

我听了很多遍

等　花

我等的不是春天，也不是海边

只是一枝与我相同的花

只是它太难描述

于是我说起春天

又说起海边

为我打磨镜片

我戴上了眼镜

可世界仍是朦胧

许多人为我打磨

渐渐地

我看清了这个世界

欲扬先抑

春风把愁思捻成落叶

洒满了角落

我猜它是

欲扬先抑

栏 杆

有了枷锁的天空

好像没那么广阔

或许我该低头看路

放它自由

水滴与大海

爱一个人就像

水滴落入了大海

相爱就像

大海落入了水滴

拥抱与分别

人的胸膛长着一把刀

上面挂满了倒刺

那精致的设计

在紧紧相拥时

不流出一丝鲜血

可一旦分别

刀口会挂着血肉抽离

疼痛割过心头的每一处

灵魂失血过多

整个世界变得一片苍白

狂风暴雨

某一刻

我遇见了

狂风暴雨

我好奇

人的过去是否都在积攒乌云

灵　魂

一提起灵魂想要的世界

蝴蝶就变成了花

而我

变成了蝴蝶

审　美

树的世界没有审美

枯枝和绿叶

都是它的特别

四季如一

花可以为了爱

不顾大雪而开

也可以因为不爱

在春天凋亡

你要做的

就是四季如一

纯爱是一道家常菜

这时代吃快餐变成了主流

可快餐无法让灵魂果腹

我宁愿饥肠辘辘

也要等待一道家常菜

后　劲

十六年前逃课喝的那次啤酒

后劲大得不行

十六年过去了

妈妈生病了

才清醒了

云

妈妈，我落地了

可我为什么不再是我了

我要随着水流走了

妈妈，我还是一朵云吗

不善言辞的人

夜晚的心事越来越多

不善言辞的人

说不出悲伤

只会呆呆赶走睡眠

打　结

后来我才发现

每一个人都是一条线

人们交织

有的人

成了活结

有的人

是个死结

树的担心

树恐惧着人们的喜欢

它不知道

那是让它做自己

还是要让它做家具

小猫师傅的合约

小猫师傅跟我签了合约

只要一个罐头

就能治好我的心病

我不信

它骄傲地说

十年保修

荒唐的白色

这世界有时候太过荒唐

我们只是生着白色的羽毛

就会被赞誉为圣洁高雅

对我们没有影响

只是苦了乌鸦

一个人胜过两个

他们都说我恋爱了

不然生活费不会不够

他们不知道

有的人能吃

一个人胜过两个

惩　罚

人总是吃饱了就感到孤独

有种酷刑

只让她肚子饱

却不让她灵魂饱

让人间变得煎熬

路 灯

路灯小孩

别羡慕它们的花开

你的春天

叫作黑夜

七　月

七月的声音是如流水般清澈的

只是有些故事生在荒漠

七月便只能沉默

捐　款

我有很多钱的话

我会捐给有需要的人

可我只剩真心

需要的人好像都不在这里

分　享

分享生活的感觉

就是把信寄到天涯海角

等一个人看懂我的字后

又找到上面的雨迹

再等一封满是泪痕的回信

秋 千

小时候的秋千

脚挨不到地

一荡就是半天

长大后

我发现坐不下了

一想就是一天

木　头

有人形容我像木头一样

我并未在意

我觉得木头

会燃烧得更久

阿橘的信息

路边的阿橘

查看着新的信息

我的世界

也多了个来电提醒

发光还有回家

如果无法成为月亮

那成为一盏路灯

照亮回家的路

也很美好

最爱你那朵

这世上花太多，我摘不完

这世上爱太少，我恰好有

所以我摘下送你的那朵

恰好是最爱你的那朵

让直觉替你后悔

走在路上被雾困住时

不管选择哪边都未知

让直觉替你后悔

乡　愁

蓝天，是鸟儿的故乡

我站在地上抬头

就读懂了乡愁

易主的睡眠

睡眠以前只属于我

后来有人来了

它不再听我的了

我彻夜难眠

自　愈

烂情绪把刀递给我

我想了想

切了几块水果

生活又多了点甜

拯救我的世界

我坐在网吧的椅子上

看着妈妈发来的信息

跟朋友说

我要去拯救世界

朋友以为我开玩笑

并不是玩笑

我要回家陪我妈吃饭

深　海

鱼群游进我的心底

在那里

它们与深海再次相遇

第一位病人

我儿时渴望成为心理医生

长大后

我治好的第一位病人

是没能成功的自己

晚来而已

它以为自己被丢弃

就成了没人要的垃圾

直到有人以收藏的名义

小心翼翼将它捡起

它才知道只是有人晚来而已

灰扑扑

小时候的布偶

从床底被翻出

我抱住灰扑扑的它

就像小时候它抱着灰扑扑的我

烟　花

人们抬起头

烟花中满是幸福

低头的人

觉得幸福刺眼

雨

人们把无数颗水珠统称为雨

我给最特别的一颗起了名

它叫泪滴

一滴属于我的雨

仙人掌

在荒漠的生活里

我堆满了刺

可遇见了你

在有春色的世界里

我开出一朵柔弱的花

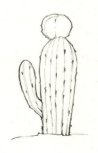

哭　泣

思考的速度

追不上感知

所以我哭完

才会想为什么

风 景

独自一人坐上火车时

窗外的光景飞越山水

有许多未曾谋面的事物

它们跟我打招呼

我一眼就认出了

最特别的那家伙

我曾丢失的勇气

如今在车外迎着肆意狂风

与我齐头并进

囚　笼

我爱上了天空

于是大地成了囚笼

天　平

相爱的状态并非天平平衡

而是将两者的爱放上之后

天平便在时间的风中

摇摆不停

人是恒温动物

人是恒温动物

可为什么只有我恒温

遇到的人都对我忽冷忽热

我开始怀疑那些人

是披着人皮的蛇

穷游这山水

生命的旅程中

并非每个旅客都腰缠万贯

骑着良驹穿山越岭

不富有方为人间常态

幸运的是山水免费

穷游也可贵

要当一头牛

这世上的烦恼

如野草生在每一处

我要踩在上面

为庄稼多留养分

若是有来世

睡前故事

我们终会睡去

所遇见的一切

只是一个睡前故事

回　答

老师叫我们把课本从第五章翻到第七章

我好奇地问了问

第六章应试教育是什么意思

为什么跳过

老师并未回答

只是说

这个不考，不用学

世上的苦

这世上的苦本是无限

是分担让它有限

是爱让它微甜

理想与现实

我期待夏日来到树荫下

那时我的蝉鸣

会成为夏天的歌

让每片叶子都知道我的到来

可我还没能破蛹

就听见油锅沸腾的声音

暴　雨

我走在路上

心情如暴雨前的空气一般阴沉

在悲伤中穿行

直到我与一个捡瓶子的阿婆交谈

她讲起年轻时读不了的书

讲起吃了一辈子的苦

讲起再也直不起的腰

讲完了她的人生

暴雨就开始下了

小　雨

如果泪流满面太过明显

那下起小雨

我们再说再见

标　本

我把过往制成标本

有人观看

我就在想

他会为我而停

还是想当下一个作品

走 路

用膝盖走路的

要么是涉世未深的婴孩

要么是涉世过深的悲哀

请别陷入世俗

在长大中

勇敢地站起来

往哪儿用

我在犹豫

口袋里的碎银

要买一套身体住的房子

还是撒到世界的每个角落

让灵魂安居

死 亡

死亡落到我身边任何一处

都如滔天海浪响起

唯独在我身上

它变得微不足道

怜 悯

街边破掉一角的碗里

盛放着素未谋面的灵魂

硬币的共鸣里

怜悯是唯一的话题

海风的味道

我们曾经想一起看海

可只有我来了

你好奇的海风味道

像眼角的泪一般咸涩

找一片爱你的湖

我善忘的性子

被人们嫌弃

可那片清澈的湖

却说我像一条无忧的金鱼

伪装成大人的小孩

后来我才知道

这世上根本没有大人

有的都是

伪装成大人的小孩

那个半百的皮囊下

藏着一颗想妈妈的心

远去的鸟儿

我托鸟儿载我远去

去我想去的自由里

可肉体太过沉重

它们只载走了我的理想

还有鲜活

青春退去

青春就如同涌上的海浪

脚上满是凉意

等它退去

又会感到难耐的热

相同的爱

上帝给了人太多的情感

溢出的那一部分爱

落在一个虚拟的人

落在文字

落在夕阳

都是上帝的点睛之笔

天　气

今天天气阴

好在心晴

少了几朵乌云

不像昨天

天气晴

阳光却哭哭啼啼

向日葵的阴天

我不觉得日子难过

直到有人真的离开

我迎来向日葵的阴天

洁白的花瓣

冬天不愿走得悄无声息

于是它留下了洁白

托花瓣盛开它的二分之一

怦然心动

明媚的午后

或许需要一场怦然心动

我决定了

就和这个春天

黄灯与黄昏

今天黄灯并未来上班

我问绿灯

黄灯去干吗了

绿灯说它去提醒人们放慢脚步了

我问它在哪儿

绿灯指了指身后的黄昏

总会重逢

妈妈说

天空出现独特的色彩时

人们往往想家

所以我称这种色彩为

总会重逢

艳阳与冷月

想起你的时候

我正站在艳阳高照天里

你是挂在冷夜里的月儿

花开说爱

我沉默已久的眼睛

在你花开时

说出了爱

等红灯

我太忙碌

于是红灯为我和夕阳

约了一场二十八秒的约会

想念过去

我给自己写了本自传

开头写得太怀念

到后面没了墨水

所以

眼泪成了后文

三原色

蓝天

白云

绿树

恰好是一首童谣的三原色

月　亮

当我失眠时

我会望向云后

那里有一个

属于我的张怀民

季　节

又到秋天了

天气转凉，换新衣裳

人们习惯分别

就像习惯季节

胜天半子

与天对弈时

它落子春天

所幸我有青春

胜天半子

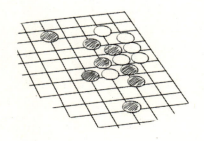

蒲公英

它站在那儿一言不发

我却看到了风来时

它要去的诗和远方

脏棉衣

在雨季穿梭时

泥土又与回忆有了交集

儿时弄脏的棉衣

如今总在眼里翻洗

来　电

停电的时刻

我点燃了一支蜡烛

一切都开始变得不再枯燥

我知道世界来电了

和水流谈心

痛苦和麻木压在池底

亲爱的金鱼

忘记那些淤泥

去和途经的水流谈心

人的年轮

人的年轮藏在眼睛里

你望进去

岁月会告诉你

那如树一般的生命

松软香甜

我们都被烘烤着

可如果结局松软香甜

那烤箱内的等待

就算不上煎熬

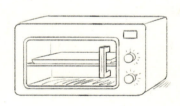

赏　花

远看的人

觉得花花相同

近赏的蜂

却觉各有香甜

落叶缤纷

见完了春天的树

用纷飞的年华

为过去下一场雨

秋天的转述

我把想说的话告诉了秋天

让它转述给这个世界

于是叶子开始枯黄飘落

于是天气越来越凉

思　念

思念太难衡量

于是有了一张又一张的火焰

我看那灰烬起伏

那是思念的心跳

彩　票

在刚成年时

我买了一张彩票

那天的叶子沙沙作响

像老人家的提醒

想得久了

它被风吹走了

后来的后来

我总能听到有人中大奖

我总在想

那时若是不犹豫

是否我也有机会做赢家

离我而去

多年前，幸福逃出了我的身体

它走得干干净净

留下我一个人继续走着

我跌跌撞撞多年

在某人的眼睛里找到了它的足迹

旧报纸

我捡到一张旧报纸

上面记载了世上的大事小事

我告诉天空

要在上面找出这世上最重要的事

旧报纸被折成一架纸飞机

寄往了白云中

天空在划出的轨迹里

找到了我的快乐

放飞了与我无关的大事小事

洒水车

我是一辆洒水车

开到哪里

就洗到哪里

把城市落满的灰尘洗进地底

一直洗

直到好心情都用尽

星　星

我们站在这里

只顾抬头看银河

自然忘记了

脚下这颗也是星星

流　浪

夜晚的公园安安静静

风吹过落叶刮出沙沙声

我独坐在被灯光照得昏黄的椅子上

那灯光似夕阳一般柔和

为我在夜中留下一角

似乎上天心疼

一只不知从何而来的小黄狗

同头顶的灯泛起同样的色彩

它坐在路边静静看我

我带流浪的它回了家

它也给了流浪的我一个家

我的夜晚也有了不落山的夕阳

无人的海边

如果人生会有结局

我要去到无人的海边

哼唱平静而又难忘的日子

直到浪声淹没我的歌谣

就好像我从未来过

童 心

我望着地上的玩具

它的眼睛讲起故事

在很久很久以前

它还是我的好朋友时

我们会说一天的话

后来我长大了

它就变成玩具了

由　来

森林的由来

要从两棵相爱的树说起

宇宙的由来

要从我和一颗星星说起

与种子的约定

我认识了一颗种子

和它约定好

如果哪天我成为了不起的小孩

它就为我开一朵花

所以后来的每个春天

我都觉得自己了不起

熬　夜

我把夜熬了又熬

熬成了一锅丰富的粥

把无趣的白天

莫名的不顺

焦虑的将来

无处诉说的烦恼

把所有苦涩与无奈

通通放入

点上快要熄去的小火

一直熬到清晨

如此反复

如果某个宁静的早晨

来了一位认真品尝的客人

说出所有的用料

我就换一个幸福的配方

宇　宙

如果我只有石子般高

我会庆幸宇宙是朵花

别耽误它

我在网上买了一件新衣服

打算让它试试我合不合身

如果不合身

就让它把我换了

别耽误了它的青春

流口水

我在书房里睡着了

满屋子的知识面面相觑

它们都进不来我的脑袋

妈妈把钥匙拿了出来

炒菜的香气一传来

我就做了一个

让书桌淹没的梦

不再含蓄

爱是关在我前半生里的委婉含蓄

直到遇见一个身影

它从胸膛中越狱

变得奔流不息

火 堆

思念被我添进了火里

于是回忆被烧得愈发旺盛

夜晚被烧得漆黑冗长

抽泣声被烧成灰烬

相　约

我与树相约

百年以后在尘土中相遇

它讲怎么作为树度过一生

我讲怎么不作为树度过一生

接　受

如果能力让善良疼痛

你要学会的第一件事

是向自己道歉

第二件事

学会接受道歉

后来的故事

我来到公园里

眼里的夕阳透过缝隙

让我停下了脚步

于是公园里又多出一棵树

那些先来的树

给我讲一个后来的故事

挚爱的床

我挚爱的床

是一片生满柔草的海

我睡在微微低头的草尖上

枕着雪凉而皎洁的月光

盖上一朵绣满红花的棉云

梦儿也成了最轻盈的小船

在无忧无虑的风吹过草尖时

载着我远离了城市的纷扰

你是我的晴天

如果这是晴天

我想邀请你来晒太阳

如果这是雨天

我想邀请你来当晴天

瘀　青

我对着瘀青揉了又揉

那痛意让我不解

为什么人总爱回忆

直到妈妈告诉我

那样好得更快

空 白

要让天空写下色彩

要让风儿写下自由

要在心里留有一处空白

供世界写下它的不同

点　缀

我站在山脚下

自然拾起画笔后

弥漫的雾气成了山的裙摆

而我痴迷的眼睛

成了山水画下

点缀震撼的一笔

糖　果

我是一颗糖果

严寒无法使我变化

唯独手心的微热

会融化我的所有

一直融化

直到紧握不放

直到甜味弥漫

圆　满

你要沿着南边一直走

走到某个地方

听到一句

你是从南边来的吧

那旅途就算圆满

我也在走

我想听到一句

天又亮了

那才算圆满

终会上岸

浪花是消融的雪儿

那终其一生的远寒

消融在上岸的瞬间

自此，只剩热烈的夏天

海的去处

那些思想简单的海水去往天空

成了一场雨

那些思想复杂的海水去往人群

成了一滴泪

小鹿乱撞

我心中藏了一只小鹿

它在城市中沉睡了多年

直到森林送它晚阳

它清醒后撞出回响

放牧清风

我放牧了一阵悠悠的清风

它吃下每一棵草的汁水

回到我的肌肤上面

我的世界有了成堆的清凉

发光的石头

人们总说

是金子总会发光

可人们没说

这时代遍地是金

我告诉你

要做一颗发光的石头

古树的经验

古树告诉我

冬天是必然会来的

正如春天一般

唯有患得患失的人

会失去所有季节

真心与礼物

真心是我的礼物

至于回礼

不真心的不必

红　酒

我开了红酒放在客厅

等它醒了

我就会醉去

等我醉了

世界就会醒来

盲　盒

你要把明天放在盲盒里

满怀期许地去等待

耐心地去开

为了一个隐藏款

我们避免不了开出许多平平无奇的明天

你想提高开出隐藏款的概率

注意看下方的温馨提示

那里有一句话

过好今天就行

没有后来了

村里有个和蔼的爷爷

他总是点起一根烟

在烟雾缭绕中

给我讲年轻时的故事

他常常提起年轻时遇见的女孩

我好奇问他后来

爷爷就好像在回忆什么

时间一长

烟就灭了

也就没有后来了

土　壤

请别误会土壤的木讷

它把爱埋到心底

等春天来临

悄悄送一朵花给你

爱上每分每秒

我躺在床上度过一天

愧疚于虚度的光阴

光阴却如一位温柔的女子

疏导起我

它说

爱上它并陪伴它

每分每秒都有不同的意义

死　海

我的心里有一片荒凉的死海

连年的泪雨不让它干涸

好多故事沉下去

沉到漆黑的深海底

有人来到我的海域

我发起善心

不让人们沉溺

也不让故事再见光明

半　个

人往往只有半个灵魂

剩下半个藏在某个事物中

有的藏在春天中

遇到飞舞的花香就完整

有的藏在海中

遇到澎湃的浪儿就完整

有的藏在爱中

遇到一个挚诚的拥吻就完整

山和岛屿

我翻过了无数座山来到这里

讲起山上的鸟兽虫鸣

不敢睡觉的夜晚

磨破的脚踝

我把所有山都讲给一个人听

那人走后

所有山都变成了岛屿

只剩海浪夜夜拍击

136

萤火作月

雨夜遮住了天上的圆月

却放纵了森林的萤

任它们在林中驱逐黑色

那萤光溅到每一滴雨中

星空便流转于叶下

很显然

雨夜有了私心

月亮也有了生命

决　定

我的呼吸起伏着海浪

我的眼睛流转着大雨

亲爱的水手

狂风暴雨是吃人的天气

不要冒险航行

去岸上等待

等我做一个风平浪静的决定

你再做出海的决定

写字楼的销售

我麻木地坐在办公桌前

打着一个又一个电话

把年少时征服大海的梦想

把年少时向往的天涯海角

把年少时的自命不凡和心高气傲

把年少时谈天论地的气势

切成一块又一块

廉价地卖

低声下气地卖

蝴蝶与梦

为什么允许蝴蝶做梦

却不让它梦见花丛

只给它一片荒漠

为什么

蝴蝶又在我的梦中

蓝 色

我的灵魂被染成了蓝色

自此之后

天空、大海、微风

都接纳了这世间凝集的忧愁

化为尘土

我害怕这世界只是尘土堆砌

害怕某日恍惚后

阵风吹过

我所爱着的一切

就化为了乌有

散落地上的花

如果我没见过你们在枝头的美丽

我心头会只剩忧郁

可我见过

只能无奈地多出一份感同身受

长大与天黑

长大与黄昏变得越来越像

都变成了预示天黑的模样

错　认

蝴蝶小姐，你认错花了吗

又或者，是时间久了

我认不出你了

可我没有翅膀

天空的清澈自由

对没有翅膀的我而言

是种惩罚